As aventuras de Tom Sawyer

Mark Twain

adaptação de Ana Maria Machado
ilustrações de Ana Raquel

Traduzido e adaptado de *The adventures of Tom Sawyer*, de Mark Twain. Londres: Penguin Books, 1994. (Penguin Popular Classics.)

• • •

Ao comprar um livro, você remunera e reconhece o trabalho do autor e de muitos outros profissionais envolvidos na produção e comercialização das obras: editores, revisores, diagramadores, ilustradores, gráficos, divulgadores, distribuidores, livreiros, entre outros.

Ajude-nos a combater a cópia ilegal! Ela gera desemprego, prejudica a difusão da cultura e encarece os livros que você compra.

• • •

Gerência editorial
Sâmia Rios

Edição
Maria Viana

Assistência editorial
José Paulo Brait

Revisão
Gislene de Oliveira

Edição de arte
Marisa Iniesta Martin

Programação visual de capa, miolo e encarte
Aída Cassiano

Diagramação de encarte
Ana Maria Onofri

Fotos
Luciano Saraiva

Elaboração do encarte
Lúcia Tulchinski

editora scipione

EDITORA AFILIADA

Avenida das Nações Unidas, 7221
Pinheiros – São Paulo – SP – CEP 05425-902

Atendimento ao cliente:
(0xx11) 4003-3061

www.aticascipione.com.br
atendimento@aticascipione.com.br

2018
ISBN 978-85-262-5728-3 - AL
Cód. do livro CL: 733425
CAE: 224915

1.ª EDIÇÃO
11.ª impressão

Impressão e acabamento
Nywgraf

Dados Internacionais de Catalogação na Publicação (CIP)
(Câmara Brasileira do Livro, SP, Brasil)

Machado, Ana Maria

As aventuras de Tom Sawyer / Mark Twain; adaptação de Ana Maria Machado; ilustrações de Ana Raquel. – São Paulo: Scipione, 2005. (Série Reencontro infantil)

Título original: *The adventures of Tom Sawyer*.

1. Literatura infantojuvenil I. Twain, Mark, 1835-1910. II. Raquel, Ana. III. Título. IV. Série.

05-2323   CDD-028.5

Índices para catálogo sistemático:
1. Literatura infantil   028.5
2. Literatura infantojuvenil   028.5

Sumário

Tom escapa por pouco 5

Um talento para os negócios 7

Castigo dourado 11

Aventura no cemitério 15

Pacto de sangue 18

A ilha dos piratas 20

Um herói maravilhoso 25

Um julgamento sensacional 28

Um tesouro escondido 30

O piquenique 35

Até que enfim! 39

O milionário fujão 47

Quem foi Mark Twain? 48

Quem é Ana Maria Machado? 48

Quem é Ana Raquel? 48

Tom escapa por pouco

— Tom! Onde é que esse menino se meteu, meu Deus? Ah, quando eu puser a mão nele...

Tia Polly olhava atrás e debaixo dos móveis, se debruçava na janela, espiava, chamava de novo... e nada.

Ouviu um barulhinho às suas costas e agarrou um menino que saía de dentro de um armário.

— Eu devia ter imaginado. E, com essa cara suja de geleia, já sei o que estava fazendo. Desta vez você não me escapa. Vai levar uma boa chinelada...

— Cuidado, tia! Atrás da senhora! — gritou Tom, apontando alguma coisa no chão.

Assustada, tia Polly se virou para olhar o que era, e o menino fugiu, rindo. Quando ele já estava longe, ela riu também:

— Eu não aprendo, mesmo. Toda vez ele me engana... Sempre um truque diferente. Mas não posso descuidar. Prometi à minha pobre irmã – que Deus a tenha! – que cuidava do filho dela. Ele falta à aula, não gosta de trabalhar, vive dando um jeito de escapulir. Mas eu ainda vou fazer dele um homem de bem, ah, isso eu vou!

Tom aproveitou para matar aula. Foi tomar banho no rio. Mal voltou a tempo de ajudar Jim a cortar lenha e trazer gravetos para o fogo.

No jantar, tia Polly resolveu interrogar Tom para descobrir suas mentiras. O meio-irmão dele, Sid, metido a bem-comportado, se divertia.

— Tom, hoje na escola não estava quente demais?
— Estava, sim, tia.
— Você não quis sair para ir tomar banho no rio?

O menino já ficou de pé atrás:

— Só um pouquinho.

Ela apalpou a camisa de Tom. Contente porque estava seca, comentou que ele não estava com o corpo quente.

— Na saída da escola, a gente passou por uma bica e eu molhei a cabeça, quer ver?

Boa desculpa. Como é que ela havia deixado passar esse detalhe? Mas lembrou de outro:

— Bom, se foi só na bica, então você não precisou tirar a camisa e não desmanchou a costura que eu fiz de manhã para prender o colarinho. Deixe ver.

Tom mostrou a camisa costurada. Tia Polly se arrependeu de fazer mau juízo do sobrinho. Mas Sid disse:

— Engraçado, eu achava que a senhora tinha usado linha branca, e essa aí é preta...

— Claro! Eu dei os pontos com a branca! Tom!

Mas o menino já se levantara e fugia pela porta afora. Só voltou bem tarde. Tudo escuro. Pulou a janela para entrar. E encontrou tia Polly à sua espera, decidida a fazê-lo trabalhar o sábado inteiro, de castigo.

Um talento para os negócios

Sábado estava um dia lindo. Mas Tom tinha de trabalhar. Na calçada, com um balde de tinta branca e um pincel na mão, olhou a cerca à sua espera para ser pintada e desanimou. Achou a vida horrível. Molhou o pincel na tinta e começou a passá-lo pela primeira tábua. Repetiu tudo outra vez e mais outra. Precisava dar três demãos para o serviço aparecer. Ia levar a vida toda naquilo. Viu Jim passar carregando água, tarefa que sempre achara detestável e agora lhe parecia bem melhor. Propôs:

— Eu vou buscar água para você. Enquanto isso, me dá uma mãozinha aqui...

O outro hesitou, Tom insistiu e lhe ofereceu uma bola de gude. Jim ia aceitar, mas tia Polly surgiu, e o negócio não foi adiante. Tom foi de novo caiar a cerca, pensando nas coisas maravilhosas que podia estar fazendo. Logo os outros meninos passariam por ali a caminho de brincadeiras. Iam rir dele. Tinha vontade de sumir. Pensou em tudo o que tinha nos bolsos e que poderia usar para sugerir trocas. Muito pouco. Não ganharia mais de meia hora de liberdade.

De repente, teve uma ideia. Pegou o pincel e voltou ao trabalho. Bem na hora em que apareceu Ben Rogers, o mais gozador de todos. Vinha alegre, com uma maçã na mão, brincando de navio. Apitava, manobrava, fazia os sons do *Grande Missouri*, o maior barco que navegava pelo rio. O menino era ao mesmo tempo o navio, o capitão e as sinetas. Ao chegar perto de Tom, passou a andar mais devagar:

— Diminuir a velocidade! Parar! Ding-a-ling-ling! Encostar no cais! Piuííí! Parar as máquinas! Chit-chit-chit!

Tom ignorou as manobras de aproximação e a atracação do barco. Continuou entretido com a cerca, dando uns retoques. Ben perguntou:

— Você está de castigo, é? Tem de trabalhar enquanto a gente vai nadar?

— Trabalhar? Como assim?

— Bom, isso que você está fazendo...

— Tudo bem, se acha que é trabalho, pode achar. Eu estou me divertindo.

— Essa não... Pra cima de mim? Ninguém gosta disso.

O pincel não parava, para cima e para baixo na tábua.

— Não sei por que não ia gostar. Não é todo dia que um menino tem a chance de pintar uma cerca...

Ben não tinha pensado nisso. Mordeu a maçã, ficou vendo Tom se afastar ligeiramente, pincel na mão, para examinar mais de longe o efeito da pintura.

— Deixe eu pintar um pouquinho, Tom...

— Não posso, Ben. Para pintar bem, precisa ser artista. Tia Polly é muito exigente, você sabe. Se fosse na cerca dos fundos, tudo bem. Mas, aqui na rua, tem de ficar benfeito. Aposto que só um menino entre mil consegue. Talvez até entre dois mil.

— E quem disse que eu não consigo?

— Não sou eu, Ben, é tia Polly. Jim quis pintar, ela não deixou. Sid também... Tenho medo de que ela se zangue.

— Eu sou cuidadoso, Tom, garanto. Olhe aqui, te dou o final da minha maçã.

De coração contente e expressão relutante, Tom passou o pincel. O "ex-*Grande Missouri*" ficou suando debaixo do sol enquanto o artista descansava na sombra, sentado num barril, comendo maçã e planejando novos negócios.

Os meninos vinham passando, um a um, paravam para uma gozação, e pronto! Quando Ben cansou, Tom deu uma chance a Billy em troca de uma pipa nova. Depois, Johnny ofereceu um rato morto e ganhou o direito de pintar por uma hora. No fim do dia, Tom já estava na maior riqueza – tinha bolas de gude, uma gaita, um pedaço de vidro azul, um carretel, uma chave, um soldadinho de chumbo, um casal de sapos, um gato caolho, uma maçaneta, uma coleira de cachorro (sem cachorro), o cabo de uma faca, quatro cascas de laranja... A cerca estava pintada, com quatro demãos de tinta. Se a tinta não acabasse, Tom levaria à falência todos os meninos da cidade.

Tia Polly nem acreditou. Um trabalho perfeito. E tão rápido!

— Viu só? Quando quer fazer uma coisa benfeita, é uma maravilha. Pode ir brincar, você merece. Mas não perca a hora do jantar. E tome um prêmio.

Levou-o até a despensa para ele escolher uma maçã (e pegar uma rosca sem ela notar).

Tom foi dar uma volta. Ao lado de um monte de saibro, viu Sid passar e inexplicavelmente choveu granizo no irmão enquanto Tom sumia. Ajustara contas, se sentia mais leve. Foi encontrar os amigos no lamaçal do curral, onde duas tropas de meninos tinham marcado uma guerra. Tom chefiava um dos lados, e a batalha foi ótima! Seu exército venceu. Depois de contarem as baixas e trocarem os prisioneiros, os dois chefes combinaram a próxima luta e se afastaram marchando.

O menino voltou para casa sozinho. Passando em frente à casa do juiz Thatcher, que se mudara para a cidade havia pouco tempo, viu no jardim uma menina desconhecida. Linda, de cabelos dourados. O herói de tantas vitórias foi imediatamente derrubado, sem um só tiro. Uma certa Amy Lawrence, que até então ocupara seu coração, desapareceu de uma hora para outra. E Tom ficou horas por ali, meio escondido, adorando de longe aquele anjo.

Finalmente, a menina o descobriu. Ele começou a se exibir: subiu numa árvore, balançou-se num galho, equilibrou-se numa cerca. Ela mal o olhava, mas, antes de entrar em casa, jogou uma flor por cima da cerca. Tom a pegou e voltou para casa feliz.

Castigo dourado

Na segunda-feira, Tom não queria ir à aula. Inventou uma dor, um dente mole, mas não teve jeito. Tia Polly arrancou o dente dele e o mandou sair, sem choro nem vela.

Mas toda dor tem sua compensação. O garoto descobriu um modo especial de cuspir pela falha dos dentes. A caminho da escola, causou inveja geral. Todos os meninos ficavam em volta dele, sem conseguir fazer o mesmo.

Mais adiante, Tom encontrou Huckleberry Finn, um menino que todos chamavam de Huck e era o pária da cidade, filho do bêbado local. Era cordialmente odiado e temido por todas as mães, que o consideravam malcriado, vagabundo e vulgar. E também porque os filhos delas adoravam sua companhia proibida e gostariam de ousar ser como ele. Como todo garoto decente, Tom adorava Huck e estava proibido de brincar com ele. Por isso, o procurava sempre que podia.

Huck se vestia com roupas velhas de adultos, enormes e remendadas. Dormia pelas ruas, na porta das casas ou dentro de barris vazios. Não ia à escola nem à igreja, não tinha de obedecer a ninguém. Nadava e pescava quando tinha vontade. Era o primeiro a andar descalço na primavera. Xingava à vontade. Fazia tudo o que vale a pena fazer na vida.

Os dois ficaram conversando sobre o dente de Tom e sobre um gato morto que o outro tinha achado. Huck garantia que o bicho fazia parte de um processo infalível para se livrar de verrugas, se o cara o levasse de noite ao cemitério, num lugar onde um sujeito mau estivesse enterrado havia pouco tempo. Ia fazer a experiência nessa noite. Tom quis ir junto. Combinaram que Huck ia miar embaixo da janela dele para chamá-lo.

O papo foi tão animado que Tom se atrasou para a escola. Ia inventar uma história, mas de repente notou uma cabeleira dourada de menina, ao lado do único lugar vago naquele lado da sala. E disse bem alto:

— Fiquei de conversa com Huckleberry Finn!

Primeiro, o professor deu uma surra em Tom com uma vara de marmelo – como se costumava fazer naquele tempo. Depois, botou o menino de castigo sentado junto com as meninas – como ele esperava e desejava. Bem ao lado da garota de cabelos dourados.

A princípio, ela nem olhou para ele. Quando disfarçou e olhou, havia um pêssego à sua frente. E um bilhetinho na lousa de Tom, bem ao lado: "É pra você – eu tenho mais".

Em seguida, o garoto apagou o bilhete e ficou desenhando, mas escondia com a mão esquerda o que estava fazendo. A menina ficou louca para ver. Ele fingia não notar. Até que ela pediu:

— Deixe eu ver...

Ele mostrou uma casa feiosa, com uma fumacinha de saca-rolha saindo da chaminé.

— Que lindo... Agora desenhe um homem.

O artista desenhou. Parecia um guindaste.

— Está bonito. Agora me desenhe chegando.

Tom fez uma coisa que parecia uma ampulheta com uma lua cheia e uns galhos. A menina exclamou:

— Que beleza! Quem me dera desenhar assim...

— É fácil. Eu ensino.

Pronto. Num instante estavam conversando, se apresentando (ela se chamava Becky Thatcher), combinando de se encontrar na hora do almoço. Depois ele escreveu uma coisa e tapou com a mão. Ela pediu para ver. Ele deixou, aos poucos, e Becky leu: "Eu amo você".

Ela ficou vermelha e deu uma palmadinha de leve na mão dele. Mas sorriu.

Bem nesse momento, ele sentiu o professor puxar sua orelha. E foi arrastado até o seu lugar de sempre. Todo mundo ria, e a orelha doía. Mas seu coração estava feliz.

Na hora do almoço, os dois se encontraram. Tom pegou na mão de Becky para ensiná-la a desenhar. Aproveitou e perguntou se ela estava comprometida.

– O que é isso?

– Você diz para um menino que gosta dele, que só vai ficar com ele, para sempre, e aí você o beija, e pronto. É muito fácil.

– Beijo? Pra que beijo?

– Porque quem está apaixonado faz isso. Você não lembra o que eu escrevi na lousa hoje?

– Lembro.

– O que era?

– Não vou dizer...

Becky ficou encabulada, mas Tom repetiu baixinho, encostando a boca no ouvido dela. Implorou para ela dizer também. Muito sem graça, a menina acabou dizendo:

– Eu amo você.

Faltava o beijo. Foi difícil, houve um certo puxa-puxa, mas no fim ela cedeu.

– Pronto, Becky. A partir de agora, não pode casar com mais ninguém, nem amar ninguém a não ser a mim. Para sempre.

Ela repetiu solenemente. Ele também fez promessas, disse uma porção de coisas bonitas que a deixaram encantada. Explicou que é sempre assim, lindo. Que quando estivera comprometido com Amy...

– Tom! Então eu não sou a primeira?

Becky começou a chorar. Tom quis abraçá-la, mas ela o empurrou, soluçando. E saiu correndo.

Muito infeliz, o garoto resolveu não voltar de tarde para as aulas. Atravessou o riacho e se afastou. Daí a pouco, chegou a um lugar onde costumava guardar suas coisas, atrás de um tronco velho: uma espada de pau, um arco e flecha, uma trombeta. Pegou tudo e ficou brincando. Mas logo encontrou seu amigo Joe Harper, que tivera a mesma ideia. E estava com um equipamento parecido. Perfeito!

– Alto lá! Quem vem à floresta de Sherwood sem minha permissão?

Joe respondeu igualzinho ao livro:

– Guy de Guisborne não precisa de salvo-conduto. Quem ousa me interpelar?

– Eu! Meu nome é Robin Hood, como teu mísero esqueleto logo ficará sabendo!

Num instante, os dois se enfrentavam com suas espadas e repetiam uma porção de frases do livro que adoravam. Depois mudaram os papéis. Joe ficou sendo Robin Hood e todo o seu bando, enquanto Tom era o xerife de Nottingham com seus asseclas.

Divertiram-se tanto que Tom nem lembrava mais de suas tristezas.

Aventura no cemitério

De noite, assim que os dois irmãos foram para a cama, Sid logo adormeceu. Mas Tom ficou à espera de Huck. Ouvia o ronco de tia Polly no outro quarto, o vento nas árvores, os grilos, as batidas do relógio, os estalos do madeirame da casa, o latido dos cachorros ao longe. Evidentemente, os espíritos estavam rondando. E Huckleberry Finn não chegava. Contra sua vontade, acabou cochilando e nem ouviu o relógio bater onze horas.

Tom acordou com um vizinho jogando um sapato velho pela janela, aos gritos de "Gato desgraçado!". Só então ouviu os miados insistentes lá embaixo. Era Huck com seu gato morto.

Num instante, o menino saltou pela janela, rastejou pelo telhado da varanda e pulou para o chão. Os dois sumiram na escuridão e logo chegaram ao seu destino, um daqueles cemitérios do Velho Oeste, cheio de mato.

— Como é que a gente vai fazer, Huck?

— Vamos esperar perto do túmulo de Hoss Williams. À meia-noite, vêm um diabo ou mais para levar a alma dele. A gente não vê, mas ouve. Então joga o gato morto e diz: "O diabo carrega o morto, o gato segue o diabo, a verruga segue o gato e eu fico livre dela". Pronto! Nunca mais na vida a gente tem verruga.

— Shhh! Quieto! Estou ouvindo vozes...

Seria só o pio de uma coruja? Não, vinham vozes mesmo. Cada vez mais perto. E uma luz também, entre três vultos com suas sombras aterrorizantes.

— Ai, Tom, três diabos de uma vez... Você sabe rezar?

— Vou tentar: "Com Deus me deito, com Deus..."

— Shhh! Quieto! Lá vêm eles... Epa! São humanos. Conheci a voz do velho Muff Potter.

Era mesmo. Bêbado, como sempre. Vinha com mais dois. Um deles trazia um lampião de estrada, uma vela acesa dentro de uma caixa de vidro. Procuravam algo.

— Ih, Tom! Reconheci a voz de Injun Joe, aquele índio assassino. Era melhor se fosse um diabo.

Agora já estavam bem perto. Dava para reconhecer. O terceiro era o jovem doutor Robinson. Chegaram bem perto de Tom e Huck, que se esconderam atrás de um tronco.

— Rápido, rapazes! A lua pode aparecer – disse o médico.

Os outros dois cavaram, desenterraram um corpo, enrolaram num cobertor, amarraram com uma corda. Então Injun Joe disse:

— Pronto, doutor. O corpo para o senhor estudar. Mas vai ter de pagar mais cinco dólares.

— Não. Já paguei tudo.
— Mas eu quero mais — insistiu Injun Joe, tirando uma faca da cintura de Muff Potter e avançando.

O jovem doutor o empurrou. O vento afastou a nuvem que escondia a lua e os meninos viram tudo. O bêbado foi ajudar o índio. Robinson pegou uma pedra e golpeou a cabeça de Muff, que caiu. Injun Joe aproveitou a confusão e enfiou a faca no médico, que caiu morto por cima do bêbado.

A lua sumiu de novo e os garotos saíram correndo na escuridão. Nem viram Injun Joe esvaziar os bolsos do morto. Depois, pôs a faca na mão de Muff Potter e esperou. Quando este abriu os olhos, ficou apavorado:

— Eu não posso ter feito isso! Deus do céu!
— Mas fez, sim. Não adianta chorar.
— Ai, Injun Joe, me proteja...
— Pode deixar comigo. Vamos cada um para um lado. E não pense mais nisso.

Daí a pouco, quando a lua voltou, só ela viu o homem assassinado, o cadáver desenterrado, o túmulo aberto.

Pacto de sangue

Os dois meninos só pararam de correr quando chegaram a um lugar seguro.

– Se o doutor morrer, Injun Joe vai ser enforcado – disse Tom.

– E quem é que vai contar? Nós dois? Muff Potter desmaiou e não viu nada.

– Mas a gente não pode ficar de bico calado...

– Não pode é abrir o bico – corrigiu Huck. – Injun Joe nos mata se a gente falar e ele não for enforcado.

Chegando a essa conclusão, os meninos fizeram um pacto de sangue. Cada um furou a pontinha de um dedo, depois encostaram as gotas uma na outra e juraram não falar.

Esse ritual demorou. Já era quase de manhã quando Tom chegou em casa. Sid acordou e viu, mas disfarçou. Levantou cedo, deixou o irmão dormindo e contou à tia. Quando Tom desceu, atrasado, todos já tinham tomado café. Achou que ia levar a maior bronca. Mas não.

Tia Polly só chorava, dizendo que não sabia mais o que fazer, que ele não deixava que ela cumprisse a promessa que fizera à irmã, que era cuidar de Tom... O menino preferia ter levado uma surra. Assim, não sentiria remorsos. Não queria fazer a tia sofrer. Ficou péssimo. E ainda foi castigado quando chegou à escola. O dia começava muito mal.

Na hora do almoço, a cidade foi abalada pela terrível novidade: o doutor tinha sido assassinado no cemitério, e a faca de Muff Potter estava ensanguentada ao seu lado. Pior ainda: alguém vira Muff se lavando, o que era muito suspeito, porque ele não tomava banho nunca. E estava sumido.

A cidade inteira foi para o cemitério. Tom viu Huck na multidão, mas os dois mal se olharam. Sérios, pois tinham visto Injun Joe também por lá. Alguém gritou:

– Olhem ele ali!

Era Muff Potter chegando. Num instante foi cercado.

– Não fui eu!

– Esta faca é sua? – perguntou o xerife.
– Por favor, Joe, conte a verdade a eles... – pediu o coitado.
Não adiantou. Joe contou um monte de mentiras: falou que eles tinham visto o doutor desenterrar um corpo e que Potter havia brigado com o médico. Muff foi preso.
Tom ficou revoltado e quase quebrou seu pacto de sangue para contar o que tinha visto. Mas não podia.
O segredo atormentava sua consciência. Sempre que possível, levava algum presente para Muff Potter pelas grades da cadeia. E talvez até acabasse falando, se outro assunto não começasse a encher sua cabeça: Becky Thatcher adoecera. Nem estava mais indo à escola.

A ilha dos piratas

Arrasado, Tom não quis mais saber de brincadeiras. Ficou mal, achando que ninguém gostava dele. Talvez devesse fugir e ser pirata ou algo assim. E, bem quando estava na dúvida, encontrou o amigo Joe Harper também chateado, porque a mãe o castigara por algo que ele não fizera.

Resolveram fugir juntos. Joe queria ir para o deserto. Mas, depois de ouvir Tom, concordou em ser pirata.

Perto dali, coberta por um bosque, no próprio rio Mississípi, ficava a ilha Jackson, onde não morava ninguém. Decidiram ir para lá e convidaram Huck para ir com eles. Combinaram de se encontrar à meia-noite, perto de uma balsa. Cada um devia trazer anzóis, linhas, ferramentas e a comida que conseguisse arranjar.

Tom foi o primeiro a chegar. Trouxe um presunto cozido inteiro. Daí a pouco ouviu um assobio. Respondeu com outro.

– Quem vem lá?

– Tom Sawyer, o Vingador Negro das Antilhas. Digam seus nomes.

– Huck Finn, o Mão Vermelha, e Joe Harper, o Terror dos Mares.

Vendo que eles tinham aprendido bem o que leram em seus livros favoritos, Tom continuou:

– E a senha?

– Sangue! – disseram os dois.

Podiam partir. Escorregaram pelo barranco até a praia, guardaram na balsa o presunto, o toucinho do Terror dos Mares, uma panela que o Mão Vermelha trouxera e mais uns sabugos de milho e fumo de rolo. Foram para o meio do rio. Tom dava as ordens:

– Pegar o vento! Içar a bujarrona, a vela mestra e o joanete!

– Sim, senhor.

Fingiam levantar todas essas velas, mesmo sabendo que só havia um pano velho e rasgado preso ao mastro. Na verdade, empurravam a balsa com dois remos – Joe na proa e Huck na popa. Tom era o capitão. Lá pelas duas da manhã, descarregaram a bagagem

na praia da ilha e, com a vela esburacada, fizeram uma tenda para as provisões. Mas, como bons piratas, dormiram ao ar livre.

Logo que despertou, Tom até ficou com um pouco de remorso – as pessoas podiam estar preocupadas com eles. E os três tinham roubado comida e outras coisas...

Mas depois se distraiu com o canto de um pássaro, o voo de uma joaninha, os pulos de um esquilo. Acordou os amigos, e foram tomar banho de rio. A água tinha carregado a balsa para longe, mas nem ligaram. Voltaram ao acampamento com fome, acenderam o fogo, fizeram um chá. Joe fritou o toucinho, Huck e Tom foram pescar. Saborearam uma refeição deliciosa.

Animadíssimos, saíram explorando a ilha. Numa das pontas, a distância para a praia na outra margem era só de uns duzentos metros. Mais tarde, deitaram para descansar. No silêncio, ouviram um barulho estranho: tuque-tuque-tuque. Depois um estouro, como se fosse um trovão. Em seguida, tuque-tuque-tuque e outro estrondo.

– O que é isso? – perguntou Joe.

Cada um deu um palpite, e resolveram olhar. Andaram pelo meio do mato e viram uma barca a vapor, cheia de gente, com seu motor fazendo tuque-tuque-tuque. Em volta, havia vários pequenos botes. De repente, brotou uma fumaceira, no meio de outro estrondo.

– Já sei o que é! – exclamou Tom. – Alguém se afogou, e eles estão dando tiros no rio para ver se o corpo sobe.

– Claro! – concordou Huck. – Eles sempre fazem isso, mas nunca dá certo. Quem será que se afogou?

Ficaram mais um pouco olhando, até que Tom disse:

– É isso mesmo! Fomos nós! Eles acham que a gente morreu e estão nos procurando.

Por um momento, os meninos se sentiram heróis. Imaginaram todo mundo falando bem deles, desculpando tudo o que tinham feito. Era ótimo.

Pescaram mais, voltaram para o acampamento, fizeram uma sopa. E acabaram dormindo. Quer dizer, nem todos. Tom tinha perdido o sono.

Levantou-se em silêncio e procurou uma árvore que tinha visto, com o tronco coberto por uma casca fina e clara, fácil de puxar. Tirou dois bons pedaços, voltou para perto da fogueira e aproveitou a luz para escrever um bilhete em cada casca. Deixou uma no chapéu de Joe e pôs a outra no bolso.

Em seguida, foi até a ponta da ilha e entrou na água. Enquanto deu pé, foi andando. Depois nadou. Quando chegou à margem, entrou no bosque e andou até o cais. Ainda dava tempo de pegar a última barca da noite. Lá, como sempre, ela puxava um bote preso por uma corda. Tom deitou no fundo da pequena embarcação.

Bem na hora. Daí a pouco, a barca partiu. Depois de uns quinze minutos, chegou à cidade. Ele pulou na água e nadou até a praia.

Andou pelas ruas desertas e logo chegou em casa. Entrou sem ninguém ver e se escondeu debaixo da cama, perto de onde tia Polly conversava com Sid, sua irmã Mary e a mãe de Joe.

– Ele não era mau menino, só um pouco levado... – dizia ela, chorando. – Mas tinha bom coração.

– Se fosse mais comportado... – começou Sid.

– Chega! – ralhou ela. – Nem uma palavra contra Tom. Ai, eu não me conformo. Eu adorava aquele menino, ele me fazia muito bem, eu ria das coisas dele.

Desatou a soluçar. A senhora Harper também chorava:

– E o meu Joe, coitado! Deus me perdoe, mas a última coisa que fiz com ele foi lhe dar um castigo injusto. Oh, como eu queria abraçar meu filhinho...

A essa altura, até Tom segurava o choro. Vontade de sair dali, abraçar a tia e contar tudo. Mas isso ia estragar seu plano, e ele se controlou. Continuou ouvindo e descobriu que, primeiro, acharam que os dois tinham se afogado quando foram nadar. Depois, deram por falta da balsa e se encheram de esperança de que tivessem saído navegando. Mas, quando a encontraram encalhada, lá longe, toda a esperança se acabou. Estavam procurando os corpos. Era quarta-feira. Se não os encontrassem até domingo de manhã, iam celebrar o funeral.

Depois de muito choro, a senhora Harper foi embora. Antes de deitar, tia Polly rezou em voz alta pelo sobrinho – o que muito o comoveu.

Demorou muito até ela dormir e Tom sair de seu esconderijo. O garoto ficou olhando a mulher, com muita pena. Deixou a casca de árvore ao lado da lamparina, deu um beijo de leve na testa da tia e ia saindo. Mas mudou de ideia. Voltou e guardou o bilhete no bolso.

Andou até o ancoradouro, desamarrou o bote, entrou nele, remou rio acima até a ilha. Chegando lá, já era dia. Soltou a embarcação para que a correnteza a levasse. Entrou no bosque e foi até o acampamento, onde ouviu Joe dizendo:

– Pode confiar em Tom. Não viu o bilhete? Ele vai voltar.

– Já voltei, pessoal!

Depois de comer, contou (bem enfeitadas) as suas aventuras noturnas. E foi dormir, enquanto os outros exploravam mais a ilha e apanhavam ovos de tartaruga enterrados na areia. Um bom reforço para as refeições.

No dia seguinte, também comeram bem e passaram um tempão brincando. Mas já começavam a sentir saudade de casa. Só concordaram em ficar mais porque Tom lhes contou seu plano. E inventou uma brincadeira de índios divertidíssima, cheia de aventuras sangrentas e terríveis.

Um herói maravilhoso

Na cidade, porém, não havia alegria nenhuma. Só os preparativos para a cerimônia pelos mortos, sem nem ao menos terem achado os cadáveres. Todos lembravam Tom e Joe e a toda hora falavam neles. Becky não se conformava por ter brigado com o garoto.

No domingo, foram todos para a igreja. As famílias, vestidas de luto, se sentaram na frente. O pastor fez um sermão falando nas virtudes dos meninos desaparecidos. Uma porção de gente chorava.

De repente, a porta se abriu, e os três "mortos" entraram, rindo. Havia um tempão que estavam na sacristia, ouvindo os sermões de seu próprio funeral e se divertindo muito!

Tia Polly, Mary e os Harper correram para Tom e Joe e os abraçaram. Huck ia saindo, mas Tom protestou:

– Tia Polly, não é justo! Alguém tem de ficar contente com a volta de Huck!

– Claro, meu amor, coitadinho...

Começou a abraçar Huck também, deixando-o sem jeito.

Para Tom, esse era o momento mais glorioso que já vivera. Justificava seu plano de ficar na ilha para só voltar nessa hora. Dera certo. Era agora tratado como herói.

É claro que houve alguns probleminhas. Por um lado, ele se enrolou um pouco quando Joe Harper contou em casa que Tom tinha vindo até a cidade uma noite, viu todo mundo chorando, mas não se identificou. Por outro lado, quando tia Polly descobriu no bolso do casaco do sobrinho o bilhete escrito na casca da árvore, viu que a intenção da visita noturna fora tranquilizá-la.

O que estava escrito era: "Não morremos. Só fomos embora porque queremos ser piratas". Não dava para ficar zangada. Estava tão feliz com a volta dele... Perdoou.

Dias depois, Tom teve ainda outra ocasião de ficar contente. Desta vez por causa de Becky. A menina, embora felicíssima pela volta dele, não quis dar o braço a torcer e desculpá-lo. Principalmente

porque ele ficou se exibindo para Amy, contando suas aventuras. De propósito, só para fazer ciúme em Becky. Ela fez o mesmo e fingiu que se interessava por outro garoto. Então Tom tentou não pensar mais nela.

Até que um dia...

Os exames estavam chegando, e o professor enchia os alunos de exercícios. Enquanto os coitados se esforçavam, ele ficava lendo um livro, que depois trancava na gaveta. Todo mundo tinha a maior curiosidade de ver.

Um dia, após todos terem saído, Becky viu a gaveta aberta. Pegou o livro e estava folheando, distraída, quando uma sombra se aproximou pelas suas costas. Ela levou um susto tão grande que deu um puxão. Uma página se rasgou.

— Tom Sawyer! Como você tem coragem de me dar um susto desses?

— Desculpe, eu só queria ver a figura...

— Agora o professor vai brigar comigo.

Desatou a chorar e saiu correndo, zangada com Tom:

— Nunca mais fale comigo! Eu odeio você!

Quando o recreio acabou e o professor pegou o livro, viu o pedaço da folha rasgada. Furioso, resolveu descobrir o culpado de qualquer jeito. Ia perguntando a um por um e olhando a cara do coitado na hora da resposta. Todos negavam. À medida que chegava a vez de Becky, ela foi começando a tremer, os olhos se encheram de lágrimas, um nó cresceu na garganta. Estava perdida. Mas, na hora que o homem ia fazer a pergunta fatídica, ouviu-se uma voz do fundo da sala:

— Fui eu!

Era Tom Sawyer. Todos se espantaram. Se quisesse, era só negar, e o professor nunca teria certeza. Porém, parecia que queria ser castigado. E ainda ganhou uma surra. Mas valeu. Ao sair, Becky o esperava. E, antes de dormir, as palavras dela ainda cantavam em seus ouvidos:

— Ai, Tom, como você pôde ser tão maravilhoso?

Um julgamento sensacional

Finalmente, foi marcado o julgamento de Muff Potter. Tom tinha calafrios só de pensar nisso. Reforçou o pacto com Huck. Tinham pena do bêbado, claro. Mas tinham muito mais medo de uma vingança de Injun Joe. Transtornados, a toda hora iam até perto das grades da prisão conversar com o prisioneiro, que ficava gratíssimo – o que os deixava ainda mais perturbados. Rezavam para que algum milagre soltasse o pobre Muff, mas não adiantava.

Na véspera do julgamento, Tom nem conseguiu dormir. No dia seguinte, logo cedo, já estava no tribunal, aflito. O recinto ficou cheio de gente – e, no meio da plateia, Injun Joe, com uma cara imperturbável.

Uma testemunha contou que tinha visto Muff se lavando no riacho depois do assassinato. Outra disse que encontrara a faca dele ao lado do cadáver. Todos achavam que ele ia ser condenado. No fim da acusação, o coitado escondeu o rosto nas mãos e gemeu. Estava arrependidíssimo de ter bebido tanto, a ponto de nem se lembrar de ter feito uma coisa horrível daquelas.

Foi então que o advogado de defesa anunciou:

– A defesa chama Tom Sawyer.

Todos ficaram surpresos. O menino, assustado, prestou juramento.

– Onde você estava na noite do assassinato?

Tom engoliu em seco, olhou para Injun Joe e quase desistiu. Mas reuniu toda a sua coragem e respondeu:

– No cemitério!

– Perto do túmulo de Hoss Williams?

– Bem perto. Mas estava escondido. Atrás da árvore junto à sepultura.

Injun Joe teve um pequeno sobressalto.

– Estava sozinho? – continuou o advogado.

– Não, estava com um amigo.

– Não precisa dizer o nome dele agora. Fale apenas se vocês levavam alguma coisa.

— Bom... um gato morto.

— A defesa vai apresentar o esqueleto desse gato, recolhido lá, como prova. Mas conte o que viu, não tenha medo.

Tom começou, hesitante. Depois foi se animando. Todos prestavam atenção. Até que disse:

— E quando o doutor bateu com a pedra, Muff caiu. Então Injun Joe pulou com a faca dele na mão e...

Ouviu-se uma gritaria. Rápido como um raio, Injun Joe havia pulado pela janela. Num instante, sumiu!

O menino era agora um herói. Salvara um inocente. De dia, a admiração de todos por sua coragem e a gratidão de Muff Potter enchiam sua vida de alegria. De noite, era um terror. Nem saía de casa. A ideia de que Injun Joe estava solto e com raiva dele o fazia tremer. Huck também vivia apavorado, com medo de que o advogado tivesse dito seu nome a alguém.

A região toda foi vasculhada à procura do criminoso, mas não o encontraram. Depois, as pessoas foram esquecendo. Tom e Huck, porém, nunca mais deixaram de se preocupar.

Um tesouro escondido

Talvez para pensar em outras coisas, Tom teve a ideia de procurar um tesouro. Huck, claro, se entusiasmou.
– Onde é que vamos cavar? Em qualquer lugar?
– Não, Huck. Tesouro está sempre em lugar secreto. Em ilhas, em baús estragados, nas raízes de uma árvore velha, debaixo do piso de uma casa assombrada...
– Quem esconde?
– Os ladrões, lógico.
– E como é que a gente sabe onde é?
– Às vezes tem mapa. Quando não tem, a coisa fica ainda mais emocionante.

Os garotos iam precisar de uma picareta e uma pá para cavar. E, como já tinham ido à ilha Jackson, agora podiam procurar debaixo da árvore velha, perto da destilaria. Huck não queria saber de casa mal-assombrada.
– Não gosto muito de fantasmas – explicou.

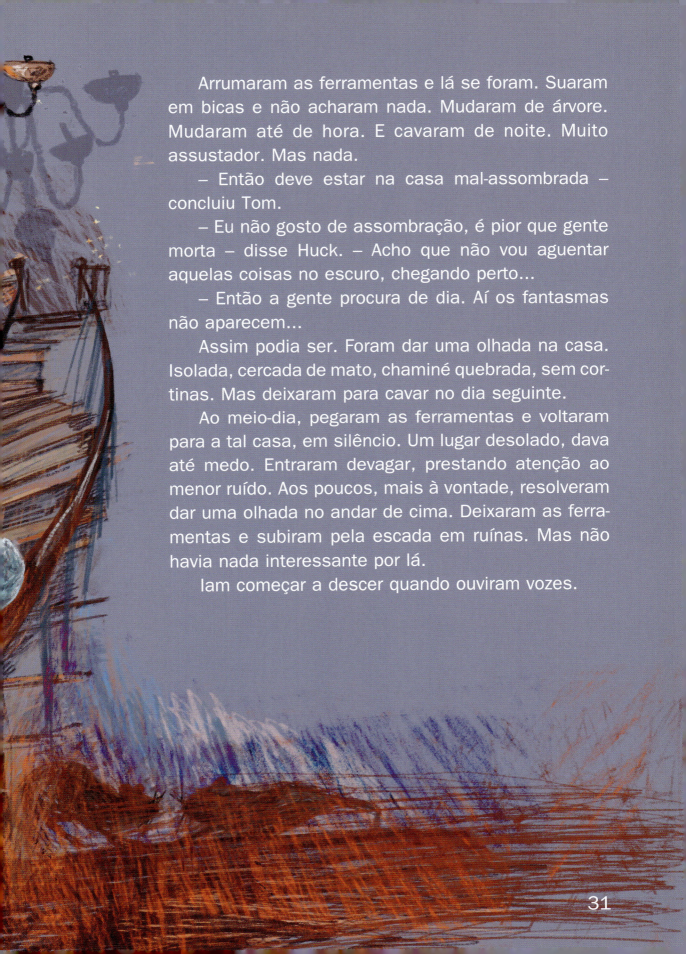

Arrumaram as ferramentas e lá se foram. Suaram em bicas e não acharam nada. Mudaram de árvore. Mudaram até de hora. E cavaram de noite. Muito assustador. Mas nada.

— Então deve estar na casa mal-assombrada — concluiu Tom.

— Eu não gosto de assombração, é pior que gente morta — disse Huck. — Acho que não vou aguentar aquelas coisas no escuro, chegando perto...

— Então a gente procura de dia. Aí os fantasmas não aparecem...

Assim podia ser. Foram dar uma olhada na casa. Isolada, cercada de mato, chaminé quebrada, sem cortinas. Mas deixaram para cavar no dia seguinte.

Ao meio-dia, pegaram as ferramentas e voltaram para a tal casa, em silêncio. Um lugar desolado, dava até medo. Entraram devagar, prestando atenção ao menor ruído. Aos poucos, mais à vontade, resolveram dar uma olhada no andar de cima. Deixaram as ferramentas e subiram pela escada em ruínas. Mas não havia nada interessante por lá.

Iam começar a descer quando ouviram vozes.

Dois homens vinham para a porta de entrada. Os meninos deitaram no chão, apavorados. Tom e Huck ouviram quando eles entraram. Tinham reconhecido um deles – um velho espanhol surdo-mudo que passara pela cidade algumas vezes, de chapéu imenso e enrolado numa manta. O outro falava baixinho. De repente, deu para ouvir:

– Isso é perigoso.

– Deixe de ser covarde! – grunhiu o "surdo-mudo", para espanto dos meninos, que tremeram ao reconhecer a voz de Injun Joe.

Pela conversa, Tom e Huck perceberam que os homens usavam a casa como esconderijo, depois de terem feito um "serviço" em outra cidade. Mas não achavam seguro, ainda mais com dois meninos endiabrados rondando por ali, como na véspera. E esses meninos eram eles! Tremendo de medo, ouviram que os bandidos planejavam mais um "trabalhinho" antes de fugir para o Texas. E mais:

– Temos de resolver onde a gente esconde esta grana. Pesa muito carregar por aí. E não pode ficar aqui.

Pelas frestas do assoalho, os garotos viram o companheiro do índio levantar uma das pedras da lareira e puxar uma sacola, tirando umas notas. Depois, passou o saco para Injun Joe, que, num canto, cavava o piso com um facão. De repente, um som diferente. O outro pegou uma pá velha num canto e trouxe para ajudar.

– Epa! Bati numa coisa dura! Deve ser uma tábua! Não, é uma caixa. Com os diabos, quanto dinheiro!

Era um baú cheio de moedas de ouro.

— A quadrilha de Murrel andou por aqui no ano passado. Devem ter tido a mesma ideia que nós: se esconderam nesta casa e deixaram a grana aí.

— Com uma sorte dessas – disse o estranho –, podemos fugir logo, nem precisamos fazer o outro trabalhinho.

— Nada disso – protestou Injun Joe. – Não é um trabalho para roubar. É vingança. Não saio daqui sem ajustar contas. Vamos enterrar isto de novo e liquidar logo essa história.

Ouvindo isso, Tom gelou. E mais ainda quando ouviu o resto.

— Pensando bem, não vou enterrar nada aqui. Esta pá estava com terra fresca. Por quê? E por que estava aqui? Vou levar a grana para o meu esconderijo.

— O número um?

— Não, o número dois, debaixo da cruz. O outro lugar é ruim.

Injun Joe se levantou, espiou pela janela, olhou para o segundo andar e disse:

— Como será que a pá veio parar aqui? Quem trouxe? Vou olhar lá em cima.

Pegou o facão e começou a subir a escada. Os passos sacudiam cada degrau, a madeira estalava. Os meninos foram se arrastando para um quartinho ao lado. Será que conseguiriam se esconder a tempo? De repente, ouviu-se um barulhão: a escada tinha desabado e jogado Injun Joe no chão, no meio de um monte de tábuas podres.

– Droga! Não vamos mais perder tempo com isso... Não pode ter ninguém lá em cima, essa escada não ia aguentar o peso. Vai ver, quem trouxe isso viu a gente de longe, ficou com medo e saiu correndo.

– Já está escurecendo.

Os bandidos aproveitaram a luz do dia para arrumar as coisas e foram embora.

Tom e Huck conseguiram descer com cuidado e trataram de se afastar dali. Depois fizeram seus planos. Será que a "vingança" era contra eles? Talvez fosse só contra Tom, porque o bandido não sabia quem era o amigo dele. E, como Huck vivia mesmo pelas ruas, ficou encarregado de vigiar Injun Joe, já que agora conheciam o disfarce dele. Precisavam descobrir a tal cruz onde ele ia enterrar o tesouro.

Em pouco tempo, Huck viu onde Injun Joe se escondia – o quarto número dois da pior hospedaria da cidade. Foram até lá e viram que era também um depósito de uísque – o bandido estava no chão, bêbado, apagado, roncando muito. Não dava para procurar tesouro numa hora daquelas. Melhor deixar para voltar quando ele tivesse saído.

Huck ficou com a tarefa de continuar vigiando o índio e avisar Tom quando chegasse o momento.

O piquenique

Uma vez por ano, havia um grande piquenique das crianças, com alguns professores. Iam no barco a vapor e se divertiam muito.

Nesse ano seria melhor ainda. Sid estava doente e não podia ir. Becky e Tom estavam às mil maravilhas um com o outro. Só voltariam bem tarde, já de noite. A mãe dela até recomendou:

— Melhor não voltar no escuro. Fique para dormir na casa de Susie Harper, que é perto do cais.

No lugar combinado, todos desceram, correram pela praia, saíram brincando pelo bosque, rindo, falando alto. Depois voltaram com fome e se atiraram sobre o delicioso farnel. Em seguida, foi a hora de descansar. Um dia ótimo.

— Quem quer ir até a caverna? — sugeriu alguém.

Todo mundo queria. Surgiram velas de todo lado, e foram começando a subir o morro. Era um programa romântico e misterioso. Uma caverna grande, escura e úmida. No começo, uma espécie de salão com uma avenida principal. Mas, depois, saíam dezenas de corredores por dentro da montanha, e aquilo virava um labirinto. Era possível ficar semanas por ali sem achar a saída. Ninguém ousava se afastar muito.

Foram todos juntos, com suas velas e lanternas. Às vezes um grupinho entrava numa lateral, brincando de esconder, mas logo voltava. Ninguém ia longe.

Depois, foram voltando para a boca da caverna. Nem tinham reparado que estava anoitecendo. Até levaram um susto quando o sino do barco tocou, chamando. Desceram todos correndo, cansados. E o regresso foi em silêncio.

Huck viu o barco chegar. Não tinha sido convidado, claro. Nunca era incluído nesses programas. E estava ocupado, vigiando o esconderijo de Injun Joe.

Bem tarde, quase meia-noite, viu dois homens saírem de lá. Um carregava uma caixa. Seriam eles? Levando o tesouro? Devia chamar Tom? E se os perdesse de vista? Decidiu segui-los sozinho. Os homens pararam junto à cerca da viúva Douglas. Escuridão total, fora um clarão que vinha da casa.

— Diabo! Ainda tem luz acesa — disse Injun Joe.

— Vamos desistir e ir embora com a grana.

— De jeito nenhum! E minha vingança? Foi o marido dela que me mandou para a cadeia daquela vez. Agora ela me paga.

E ficou falando nas maldades que ia fazer com a viúva. Horrorizado, Huck ouvia aquela conversa terrível. Queria sumir. Por um lado, era um alívio saber que a vingança não era contra Tom. Mas, por maior que fosse o medo, não podia deixar a viúva ali sozinha, exposta aos bandidos. Afastou-se com cuidado para não pisar em nenhum galho seco.

Depois correu até a casa de um velho galês que morava com dois filhos musculosos, perto da pedreira. Bateu à porta.

– Quem é?

– Huckleberry Finn. Preciso de socorro, mas não digam que fui eu. Abram, por favor! Vou contar tudo!

Minutos depois, já tinha contado. Os três homens, bem-armados, se aproximavam da casa da viúva na ponta dos pés. De longe, Huck esperava.

De repente, ouviram-se tiros e um grito. Huck nem esperou. Saiu desabalado, para bem longe. Só voltou quando o dia vinha raiando. Queria saber o que ocorrera. E as notícias não eram muito boas. O velho contou que, quando chegaram perto dos bandidos, um dos rapazes espirrou. Os outros então atiraram na direção deles e saíram correndo.

– Ainda demos uns tiros também, mas não adiantou, eles fugiram. O xerife vai procurá-los na cidade e no bosque. Mas nem ao menos sabemos como eles são.

– Eu sei! Um é aquele espanhol surdo-mudo que anda por aí. O outro é um esfarrapado.

– Ah! – disse o velho. – Sei quem são. Eles até deixaram cair uma caixa, cheia...

– De quê? – assustou-se Huck, com medo de ter perdido o tesouro.

– De ferramentas de ladrão, uai! Por quê?

– Nada...

– Você está bem, menino? – perguntou o velho, desconfiado. – Como é que sabe tanta coisa?

Huck teve de inventar uma história muito malcontada e se atrapalhou todo com as perguntas do velho. Acabou confessando:

– Por favor, não diga que fui eu que contei. Mas não é espanhol nenhum, é Injun Joe.

O velho deu um pulo. Entendeu o pavor de Huck, coitado. O menino estava até com febre. Resolveu deixá-lo aos cuidados da viúva Douglas, contando como a coragem do garoto salvara sua vida. Pediu o maior segredo e foi falar com o xerife.

Foi uma grande agitação na cidade. Prepararam uma expedição para ir atrás dos bandidos. Quando já iam saindo, a mãe de Becky chegou e perguntou à senhora Harper:

– E a minha filha? Vai dormir o dia inteiro?

O olhar surpreso da outra já era uma pista: Becky não passara a noite lá. A mãe quase desmaiou. Estava sentada num banco quando tia Polly apareceu procurando por Tom, que também não havia voltado. Só então descobriram que, desde a véspera, na caverna, ninguém tinha visto mais os dois.

Deviam estar perdidos lá dentro.

Era um problema muito maior do que o dos bandidos com a viúva Douglas. Melhor aproveitar a expedição formada e ir todo mundo para a caverna, procurar as crianças.

Passaram-se o dia inteiro e toda a noite. De madrugada, veio uma mensagem para as mulheres na cidade: "Mandem mais velas e comida".

A aflição já estava virando desespero. Ao meio-dia, alguns homens voltaram. Não tinham achado nada e estavam desistindo, exaustos. Só uns poucos, mais fortes ou mais teimosos, continuaram a busca, vasculhando cada galeria e cada canto da caverna. Mas era um emaranhado. Às vezes, uma voz respondia e era só o eco. Outras vezes, via-se uma luz ao longe, mas era só outro membro da expedição.

Assim se foram três dias e três noites horríveis.

Até que enfim!

É hora de voltar ao que aconteceu com Tom e Becky durante o piquenique. Primeiro eles se divertiram muito com os outros, felizes, explorando as partes conhecidas da caverna. Numa brincadeira de esconde-esconde, se meteram por um corredor sinuoso e foram em frente. Até que repararam que não ouviam mais os outros e quiseram voltar.

Não acharam a saída.

– Tom, estamos perdidos!

– Não se preocupe, Becky. Logo vão dar pela falta da gente e voltam para nos buscar.

Mas, por via das dúvidas, apagaram uma das velas.

Sentaram e ficaram conversando. Tom convenceu a menina a descansar. Depois, sugeriu que caminhassem um pouco até onde havia um barulho de água. Precisavam ficar perto de uma fonte.

— Vamos esperar. Na volta, eles vão ver que não estamos. Sua mãe vai sentir sua falta logo que o barco chegar.

Becky começou a chorar. Isso podia levar muito tempo, porque tinha combinado de dormir na casa da senhora Harper. Tom abraçou-a, para consolá-la. Ficaram olhando o último pedaço de vela queimar até o fim, e acabaram dormindo.

Muito depois, quando Tom acordou, custou a lembrar onde estava. De repente, disse:

— Psiu! Você ouviu?

Parecia um grito ao longe. Responderam logo e, de mãos dadas, tentaram caminhar na direção do som. Dava a impressão de estar cada vez mais perto. Mas, daí a pouco, já estava de novo bem distante. E eles continuavam no escuro. No meio de um silêncio total, tateando com o pé, tropeçando no chão irregular, se arriscando a cair em buracos cujo fundo não era possível sentir.

Felizmente, conseguiram achar a fonte outra vez. Sentaram-se junto a ela enquanto o tempo passava. Começaram a ficar com fome. Já fazia tempo que tinham comido o último pedaço de bolo que Tom guardara no bolso.

Era preciso fazer alguma coisa.

Tom lembrou que tinha no bolso um carretel de linha de empinar pipa. Deixou Becky esperando junto a uma ponta, amarrada numa pedra, e entrou no corredor mais próximo, soltando a linha enquanto andava. O teto foi ficando baixo e ele prosseguiu rastejando.

Nesse momento, bem perto dali, apareceu uma mão segurando uma vela, por trás de uma rocha. Tom gritou, mas logo viu que o dono da mão era Injun Joe, que parou de repente, virou para trás e sumiu. Na certa, as paredes da caverna alteravam os sons, e o bandido achara que alguém estava chamando de outro lado. E, com tão pouca luz, nem chegara a ver o menino.

Tom não podia deixar Becky sozinha. Seguiu a linha e voltou para junto dela. Mas não contou o que tinha visto.

– Gritei para dar sorte – explicou.

As crianças ficaram quietas no escuro e acabaram dormindo. De quando em quando acordavam, cada vez mais fracas. Becky estava meio apática, mal despertava direito. Tom não conseguia descobrir quanto tempo se passara. Dois dias? Três? Achava que não ia demorar muito para morrerem. Resolveu fazer uma última tentativa.

Quando a linha já estava quase acabando, viu uma claridade. Arrastou-se até lá, passou por um buraco e viu o rio Mississípi à sua frente!

Mal pôde voltar e convencer Becky a ir com ele. Quase morreram de alegria quando saíram e viram o céu azul. Foram recolhidos por uns homens num bote, que lhes deram comida e os levaram até a cidade.

Foi uma festa! Três dias se haviam passado, e Tom e Becky foram achados a oito quilômetros da entrada da caverna. Ninguém mais tinha esperança de encontrá-los com vida.

Tiveram de ficar uns dias de cama se recuperando. Só no outro fim de semana é que puderam se levantar.

Tom soube então de muitas novidades: como Huck salvara a vida da viúva Douglas, como o velho galês e os filhos puseram os bandidos para correr, como um dos ladrões depois se afogara no rio. Soube também que Huck estava doente, na casa da viúva. Só daí a uns quinze dias é que os dois amigos poderiam conversar à vontade. Ia ser ótimo contar as aventuras da caverna e saber o que acontecera aos bandidos!

A caminho desse encontro, Tom passou na casa de Becky. Lá, conversando com o pai dela, soube de mais uma coisa:

– Não existe mais perigo de que alguém se perca naquela caverna. Há duas semanas, fechamos a entrada com chapas de ferro e trinco triplo.

Tom quase desmaiou.

– Ah, senhor juiz, Injun Joe ficou preso na caverna...

Uma expedição com muitos barcos foi até lá. Mas era tarde. Ao abrirem a porta, encontraram uma cena sinistra: o cadáver do bandido, o rosto junto à fenda por onde vinha luz, o facão na mão, com a lâmina partida, e marcas na pedra onde ele tentara escavar.

Apesar de tudo, Tom ficou com pena, imaginando o que o índio devia ter sofrido.

No dia seguinte ao enterro de Injun Joe, Tom e Huck finalmente puderam conversar em paz num lugar secreto. Contaram um ao outro os detalhes de suas aventuras. E Huck concluiu:

– Mas tem uma coisa, Tom. O dinheiro não estava no quarto número dois. Eu procurei bem e ali só tinha uísque.

De repente, Tom exclamou:

– Claro! Está na caverna. Por isso Injun Joe foi para lá...

Huck desanimou. Não ia dar para pegar o tesouro, com aquelas placas de ferro fechando a entrada.

– Mas eu sei outro jeito de entrar – garantiu Tom. – O buraco por onde a gente saiu. Vamos lá.

Pegaram um bote e foram pelo rio. Com velas, fósforos, sacolas, comida. E linha de pipa. O buraco ficava atrás de uma moita. Tom tinha deixado uma marca e logo achou. Entraram e foram desenrolando a linha. Deu um calafrio quando passaram pela fonte e o lugar onde o toco de vela se acabara. Mais adiante, havia uma pedra marcada com uma cruz.

– Foi bem aqui que eu vi Injun Joe. Perto dessa cruz. Só pode ser o lugar.

44

Huck ficou com medo de que o fantasma do índio aparecesse, mas Tom o convenceu de que nenhuma alma do outro mundo chegaria perto de uma cruz. Mais perto, viram pegadas e tocos de vela. Começaram a cavar e logo encontraram uma espécie de tampa de madeira. Lá dentro do buraco, estava mesmo a caixa do tesouro. Bom demais para acreditar, mas era verdade.

– Estamos ricos, Tom, ricos!

A caixa pesava muito, eles nem conseguiam carregar. Mas distribuíram as moedas nas sacolas, arrumaram tudo no bote e esperaram escurecer. De volta à vila, resolveram guardar no sótão do depósito de lenha da viúva. No dia seguinte, com calma, podiam contar, dividir e esconder num lugar seguro.

Tom foi buscar um carrinho de mão, os dois puseram as sacolas nele, cobriram com uns sacos e foram em frente.

Junto da casa apareceu o senhor Jones, o velho galês.

– Entrem! Todos estão esperando vocês!

Tiveram de deixar o carrinho e entrar. A viúva ficou feliz ao ver Huck. Tinha até umas roupas novas de presente para ele.

45

Os meninos estavam imundos e foram se trocar. Huck teve vontade de fugir pela janela. Não queria ficar todo arrumado no meio de um monte de gente. Mas precisou ir para a sala com Tom. A viúva estava dando uma grande festa, com jantar gostoso e vários amigos, para agradecer ao senhor Jones e aos filhos, que a salvaram naquela noite.

O velho fez um discurso agradecendo. No final, disse:

– Mas há outra pessoa aqui que naquela noite foi um verdadeiro herói. Foi ele quem realmente evitou aquele crime horrível.

E contou o que Huck tinha feito. A viúva também elogiou a coragem do menino e falou nele com muito carinho. Acabou dizendo que queria lhe dar um lar e cuidar de sua educação. E que esperava ter algum dinheiro para um dia ajudá-lo a abrir seu próprio negócio.

– Não vai precisar – interrompeu Tom. – Huck já está rico!

Ninguém acreditou, claro, só não caíram na gargalhada porque eram educados. Então Tom resolveu mostrar. Foi lá fora e pegou as sacolas de dinheiro.

– Aqui está. Metade é de Huck, metade é minha.

Foi um espanto. Tom teve de explicar tudinho. Uma história bem comprida, mas muito interessante. Todos ouviram fascinados. Depois ajudaram a contar o dinheiro. Era mais do que qualquer um ali jamais tinha visto.

O milionário fujão

Em toda a cidade não se falava de outra coisa. Um tesouro daqueles... E encontrado por dois meninos! O dinheiro foi posto no banco para quando eles crescessem, mas dava para tirar um pouquinho toda semana para comer e se vestir direito.

Tom estava no céu. Huck, porém, não gostou muito de sua nova vida. Podia ser milionário e ter os cuidados da viúva Douglas, mas estava se sentindo preso. Roupa nova, banho todo dia, lençóis assustadoramente limpos. Tinha de comer com talheres, aprender a ler, ir à igreja, falar certo. Uma verdadeira prisão. Não ia aguentar muito tempo.

Não aguentou mesmo. No fim de três semanas, sumiu. Por mais que procurassem, ninguém o achava. Até que Tom teve a ideia de procurar entre os tonéis velhos, amontoados atrás do matadouro. Lá estava ele, dormindo, sujo, despenteado.

— Ah, Tom, não volto, não... A viúva é muito boa, me trata bem, eu gosto dela, mas não aguento aquela vida. Tudo tem hora certa e jeito certo de fazer. Só por causa do dinheiro. Sabe de uma coisa? Não quero. Fique com a minha grana. Quando eu precisar, você me dá um pouquinho. Eu fico com a minha liberdade. Para mim, está bom assim.

A sorte é que Tom teve mais uma ideia:

— A gente podia formar um bando novo. Em vez de pirata, podemos ser ladrões. Mas ladrão bacana. Em todo canto, os maiores ladrões são sempre os ricos e nobres. Gente muito mais elegante que pirata.

— Então eu volto. Mas você pede à viúva Douglas para ela não ser tão durona?

— Combinado! Vamos chamar a turma para começar o bando. A gente pode se reunir na casa mal-assombrada...

— À meia-noite! Com um juramento de sangue em cima de um túmulo!

Depois disso, foram todos muito felizes. Mesmo quando cresceram. Mas agora só interessa a história dos meninos. Por enquanto, é melhor não revelar mais nada.

Quem foi Mark Twain?

Samuel Langhorne Clemens nasceu no Missouri em 1835 e morreu em Connecticut em 1910. Foi aprendiz de tipógrafo e trabalhou como jornaleiro. Mais tarde, tornou-se piloto de barco a vapor e fez inúmeras viagens pelo rio Mississípi.

Em 1863, adotou o pseudônimo de Mark Twain, termo técnico de navegação que significa "marca de profundidade". Entre seus livros, destacam-se *Vida no Mississípi* e a obra-prima *As aventuras de Huckleberry Finn*.

Mark Twain baseou-se em experiências de sua própria infância para escrever *As aventuras de Tom Sawyer* (publicado em 1876).

Quem é Ana Maria Machado?

Escritora de renome internacional, a carioca Ana Maria Machado tem mais de cem títulos publicados no Brasil e no exterior, somando quase dezoito milhões de exemplares vendidos. Conquistou inúmeros prêmios, entre eles o Hans Christian Andersen e o Machado de Assis.

Ao ser eleita para ocupar a cadeira número 1 da Academia Brasileira de Letras em 2003, conferiu maior respeitabilidade à literatura infantil no cenário nacional.

Pela Scipione, Ana Maria Machado adaptou *Sonho de uma noite de verão*, *As viagens de Marco Polo*, *O rei Artur e os cavaleiros da Távola Redonda* e *O jardim secreto*.

Quem é Ana Raquel?

Essa mineira de Pitangui mora em Trancoso, na Bahia. Formada em belas-artes pela UFMG, é ilustradora desde 1980 e já trabalhou em uma infinidade de livros. *História de lavar a alma*, *Contos de Grimm* e *Lua cheia amarela* são alguns deles. Recebeu vários prêmios e menções honrosas. Publicou também *Imágicas*, livro sem texto, com imagens produzidas ao longo de sua vasta carreira profissional.

As aventuras de Tom Sawyer

Mark Twain

adaptação de Ana Maria Machado
ilustrações de Ana Raquel

Tom Sawyer está sempre em busca de novas aventuras. Ele e os amigos, especialmente Huckleberry Finn, enfrentam situações emocionantes e até perigosas. Juntos, os meninos imitam heróis de brincadeira e, algumas vezes, conseguem ser heróis de verdade.

REENCONTRO INFANTIL

Este encarte faz parte do livro. Não pode ser vendido separadamente.

editora scipione

Os personagens

 Escreva o nome do personagem embaixo de cada ilustração, de acordo com suas características.

a) Garota de cabelos dourados, filha do juiz Thatcher.

_____

_____

b) Senhora que passou a criar seu sobrinho desde a morte da irmã.

_____

_____

c) Vive nas ruas, usa roupas velhas remendadas e adora ser livre.

_____

_____

d) Gosta de tomar banho de rio e está sempre em busca de aventuras.

_____

_____

e) Foi acusado injustamente de matar o doutor Robinson.

_____

_____

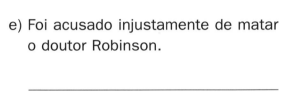

f) É o verdadeiro assassino do jovem médico.

_____

_____

2 Associe os personagens aos seus apelidos.

(a) Tom Sawyer   (   ) Terror dos Mares

(b) Huckleberry Finn   (   ) Vingador Negro das Antilhas

(c) Joe Harper   (   ) Mão Vermelha

Relembrando trechos da história

1 Como Tom Sawyer conseguiu a ajuda dos amigos para pintar a cerca da casa de tia Polly?

_____
_____
_____
_____
_____

2 Por que Tom e Huck levaram um gato morto ao cemitério?

_____
_____
_____
_____
_____

3 Por que Becky ficou chateada depois de ter sido beijada por Tom?

_____
_____
_____
_____
_____
_____

4 O que levou tia Polly e outras pessoas a pensar que Tom, Joe e Huck estavam mortos?

5 Por que Huckleberry Finn não gostou de sua nova vida na casa da viúva Douglas?

Um pouco de geografia

1 Este é o mapa dos Estados Unidos da América. *As aventuras de Tom Sawyer* acontecem no Sul desse país, em um estado chamado Missouri. Consulte um atlas escolar, localize e pinte esse estado na cor que você preferir. Depois, indique no mapa o rio Mississípi, fazendo o traçado dele em todos os estados por onde passa.

2 Aproveite para fazer uma pesquisa sobre os maiores rios do mundo. Descubra curiosidades sobre eles, escreva o resultado de seu trabalho nas linhas abaixo e compartilhe com seus colegas.

_____

_____

_____

_____

_____

_____

_____

_____

_____

_____

_____

_____

_____

3 Tom, Huck e Joe brincaram juntos numa ilha do rio Mississípi. Ilha é uma porção de terra cercada de água por todos os lados. Há ilhas tanto em rios como em mares e oceanos. Pesquise e responda quais são as três capitais brasileiras localizadas em ilhas do oceano Altântico.

_____

_____

Revivendo as aventuras

Ligue os fatos aos capítulos em que eles aconteceram.

(1) Tom escapa por pouco ( ) Tom, Joe e Huck brincam de pirata na ilha Jackson.

(2) Um talento para os negócios ( ) Tom e Huck descobrem o tesouro dos bandidos.

(3) Castigo dourado ( ) Huck salva a viúva Douglas da vingança de Injun Joe.

(4) Aventura no cemitério ( ) Muff Potter é inocentado do assassinato do doutor Robinson.

(5) Pacto de sangue ( ) Tom Sawyer falta à escola para tomar banho de rio.

(6) A ilha dos piratas ( ) Huck foge da casa da viúva Douglas e volta a morar nas ruas.

(7) Um herói maravilhoso ( ) Tom Sawyer faz desenhos para presentear Becky Thatcher.

(8) Um julgamento sensacional ( ) É pintada a cerca da casa de tia Polly.

(9) O tesouro escondido ( ) Tom e Huck combinam esconder a identidade do assassino do médico.

(10) O piquenique ( ) Becky Thatcher rasga sem querer a página de um livro.

(11) Até que enfim! ( ) Huck e Tom presenciam um crime.

(12) O milionário fujão ( ) Becky e Tom conseguem sair da caverna onde ficaram presos.

Soltando a criatividade

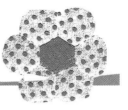

① Mapa do Tesouro
Imagine que você é Tom Sawyer e, de acordo com a história, crie um mapa com informações que levem ao tesouro dos bandidos. Capriche no visual, deixando-o o mais parecido possível com um daqueles velhos mapas que aparecem em filmes e histórias de aventuras.

Profissão Pirata

Pesquise um pouco sobre o universo da pirataria, que teve seu auge no século XVIII. As informações podem ser encontradas em livros ou na internet. Depois, invente um personagem e preencha a "ficha" dele abaixo.

Nome: _____

Apelido: _____ Idade: _____

Características físicas: _____

Hábitos: _____

Trajes: _____

Nome do navio: _____

Animal de estimação: _____

Um pouco de língua portuguesa

1. Adjetivos são palavras que indicam qualidade, caráter, modo de ser ou estado. Procure no texto 10 adjetivos e escreva-os abaixo.

_____
_____
_____
_____

10

2 Sinônimos são palavras que têm significados parecidos. Exemplos: pôr e colocar, trocar e mudar, bonito e belo etc. As frases a seguir foram retiradas do livro. Reescreva-as trocando as palavras em **negrito** por sinônimos. Se precisar, use um dicionário.

a) O vento afastou a nuvem que **escondia** a lua e os meninos viram tudo.

_____

_____

_____

b) Tom ficou **revoltado** e quase quebrou seu pacto de sangue para contar o que tinha visto.

_____

_____

_____

c) Logo que **despertou**, Tom até ficou com um pouco de remorso...

_____

_____

_____

d) Na cidade, porém, não havia **alegria** nenhuma.

_____

_____

_____

e) A ideia de que Injun Joe estava **solto** e com raiva dele o fazia tremer.

_____

_____

_____

Agora encontre no diagrama o nome de oito personagens do livro.

S	Y	U	J	N	B	F	V	C	X	R	T	G	H	J	K	K	L
O	I	M	G	H	T	Y	S	C	F	V	N	H	N	S	W	W	H
M	B	E	C	K	Y	T	H	A	T	C	H	E	R	D	F	S	G
G	A	L	U	T	M	E	C	S	T	M	S	W	Y	R	B	E	V
H	U	C	B	E	R	R	E	T	T	O	P	F	F	U	M	I	N
N	W	E	F	G	H	J	K	M	S	C	O	T	T	E	R	T	I
V	E	L	Y	H	O	G	U	L	A	H	M	R	D	V	S	K	L
U	G	E	L	K	M	T	I	N	J	U	N	J	O	E	C	T	H
F	K	M	L	A	S	D	F	G	J	C	K	U	M	L	F	Y	T
V	A	S	O	B	G	F	C	S	S	K	X	I	X	H	Y	T	X
G	P	R	P	T	G	E	D	S	J	L	K	Z	C	O	V	X	Z
G	H	J	A	K	E	R	M	K	B	E	X	T	C	G	M	T	Y
W	A	S	I	M	K	F	S	H	T	B	X	H	E	A	J	H	L
X	B	M	T	O	M	S	A	W	Y	E	R	A	E	L	W	J	K
N	B	V	X	U	Y	T	S	M	H	R	S	T	F	E	C	H	S
A	C	I	N	A	K	T	T	E	K	R	Q	C	T	S	B	M	U
U	Y	E	R	T	B	J	M	K	S	Y	X	H	H	S	V	F	G
R	F	G	B	H	J	N	F	T	Y	F	S	E	S	F	G	W	E
O	P	E	B	M	O	P	E	S	S	I	S	R	S	C	V	N	H
K	I	W	E	R	U	J	I	B	U	N	J	D	J	U	N	J	E
U	C	B	E	F	I	L	L	S	D	N	X	D	F	G	N	V	D

Encarte elaborado por **Lúcia Tulchinski**, jornalista, escritora e roteirista de programas de tevê. Para a Scipione, escreveu *Vupt, a fadinha* e *O porta-lápis encantado*, além de adaptar vários livros para a série Reencontro Infantil, entre eles *Viagens de Gulliver* e *O Mágico de Oz*.

12